歌集

続玉《たま》響《ゆら》

松下正樹

幻冬舎MC

序文

２０２１年は４年ごとにめぐる世界的なお祭り、東京オリンピックが開催された。

同時に新型コロナウイルスのまん延した年でもあった。

さらに国内の政局も動揺し、政権の交代がおこなわれた。

このような不思議なめぐり合わせを記録として残しておきたい思いがある。

その思いを短歌の形で、読み易いように口語で、しかも原則として定型をはずして表現した。

松下正樹

目次

第一部　東京２０２０オリンピックに思いをはせる

東京五輪《オリンピック》　聖火

首相には国民の生活を左右する
法による支配が許されている

聖火が巡りはじめる日《ひ》が決まり
その前に緊急事態宣言が解除された

それは新型コロナの
流行が収《おさ》まったと
見せかけるトリックだった

国民に待たれし聖火は力《ちから》強く
希望の光をともしてゆく

もゆる火を受け継ぐ聖火ランナーが
街《まち》から街へ全国をめぐる

一生に一度きりの聖火見てみたい
笑顔と拍手が街《まち》に迎える

ふるさとがテレビに映る
聖火の巡る街に知る人をさがす

巡回のならざる大阪、
太陽の塔の笑顔が聖火を迎えた

コロナ禍に巡回はかなわず
点火セレモニーのみとなった福岡

列島を駆け巡《めぐ》りゆくことならず
トーチに燃《も》ゆる火不思議な火

無観客のオリンピック

体育館などで行われる無観客競技を考えてみよう

演技する人とテレビ観戦する人の心はひびき合わない

気の抜けたサイダーを
飲んでいるような味気無さ

五輪《オリンピック》に舞う夢をつかんだ選手たち
新型コロナをしずめかねし悔《くや》しさ

観《み》る人のいない演技はもはや
孤独にとじ込められた遊びである

さわがしく蟬《セミ》の鳴く季《とき》
アスリートたちに声《せい》援《えん》を送る人なし

梅雨《つゆ》明けの大空にぽっかりと
でっかい雲が笑っている

体力差について

欧米人と日本人の間《あいだ》には越えがたい体力差がある

身長・体重、豊かな筋力の体格
日本人は及ばない

この体力差が試合の勝敗を分ける
要件となっている場合がある

日本人は小《しょう》よく大《だい》を制《せい》する
新たな技法を編み出す必要がある

小池都知事の腕力《わんりょく》

２０２１年３月、
インド由来《ゆらい》のウイルスが
東京にも現れはじめた

あっという間《ま》にまん延していく現実に
小池知事はおじけづいた

自分が持ち合わせる権限を
新型コロナを収《おさ》めるに行使した

小池知事は人の移動を根こそぎ止《と》めようとした

埼玉や千葉から、県境をまたいで
東京に来《こ》ないで下さい

日《ひ》ごろのお買い物はこれから
3日に1《いっ》回《かい》にして下さい

街《まち》のネオン・イルミネーションは
午後8時にはすみやかに
消灯して下さい

お酒は悪者《わるもの》にされた

お酒は悪《わる》者《もの》にされ、居酒屋はさまざまな制約を受けることになった

居酒屋は閉めさせても
オリンピック会場は
上限一万人まで入れさせた

お酒を出せなくなった焼鳥屋
世間の逆風《ぎゃくふう》に赤ちょうちんは
降ろされた

日本経済は長い自粛疲《じしゅくづか》れに
体力は削《そ》がれていった

「ボチボチやってますわ」と挨《あい》拶《さつ》する
日はいつ戻《もど》ってくるのだろう

二枚舌

不思議な発言を続けている東京都知事　小池百合子

五輪は新型コロナに
気をつけて開催します
成功させましょう

ステイホームで
人の流れがおさえられ
感染者は減少している、と

県境をまたいで東京に
来《こ》ないで下さいと、
いくたびの要請《ようせい》

急な用件がある場合を除き
外出は自粛して下さい

五輪は外国から大勢の
アスリートたちを
お迎えして開きます

外国からのアスリートと大会関係者
8万人が参加した

大会では百合子のまっとうな
言葉《ことば》を聞くことも出来た

オリンピックは無観客で良かった
予測できない事態を避けられた、と

小池百合子はたくみな二枚舌を
マスクで隠す技《わざ》でおしとおした

バッハ会長ら

常識を超え、理性を超えて五輪へ突き進む菅《すが》さんの凄《すご》みがある

「安全安心な大会へ向け
全力を尽《つく》す」と
幾《いく》度《たび》くり返す

菅さんのお話をなぞるだけ「空《から》っぽ」の内容を語る橋本大臣

ＩＯＣのバッハ会長らは
平然と国民に
「けんか」を売ってきた

全国に新型コロナがまん延しても
五輪は開催されますと

菅さんが「五輪は中止する」
と宣言しても
それは個人的意見にすぎないと

五輪が開催されると、IOCは
一千億円の放映権料を得る

五輪はＩＯＣにとって巨額《きょがく》の利益を生む産業である

赤い輪や黒い輪の組む五輪のマーク
今日は全て青ざめて見える

永遠の勇者はいない

内村航平（33歳）、体操選手で伝説の演技を残した

2008年北京大会から
4大会連続出場の
五輪で金メダル3個獲得

リオデジャネイロ五輪《オリンピック》の団体と個人総合で金メダルを獲得

内村は競の美しさ、力強さを
余すところなく
表現できる選手だった

鉄棒では手放し業《わざ》を決め
マットに吸い付くように
着地が決まる

観客は演技の美しさに
心を奪《うば》われ　しずまり返った

オリンピックには魔がつきものだ

内村は2021年東京五輪に出場し、
鉄棒の技《わざ》を披《ひ》露《ろう》した

内村は難易度の高い1回半
ひねり技《わざ》に挑戦した

鉄棒の上《うえ》で逆立《さかだ》ちする倒立に
向《む》かいながら体をひねる技

ひねりはじめのタイミングが早すぎ
鉄棒を握《にぎ》り損《そこ》ね落下していった

その結果のむごさ、予選敗退
ついに決勝へ進めなかった

鉄棒競技の王者内村航平の時代はついに幕を閉《と》じた

（注）2022年（令和4年）1月12日　引退を発表した。

東京五輪　札幌・女子マラソン

①八月の暑さ対策のため女子マラソンは
札幌でおこなわれた。
②アスリートが走る
距離は42・195キロメートル
③当日は晴、気温が26℃、北風から東風《ひがし》に風向《かざむ》きが変わった。風速6メートル

短歌は31文字で表現される。それゆえ単純化され、記号化された文字で表記される例がある。

例えば、本文では「P.・ジェプチルチルを「チルチル」。コスゲイを「コスゲ」と表記する。日本から参加したアスリートたちも同じく省略された名前となった。

このマラソンには世界じゅうから
88人のアスリートが参加した

日本からは一山《いちやま》麻緒《まお》（24歳）、
鈴木《すずき》亜由子《あゆこ》（29歳）
前田《まえだ》穂南《ほなみ》（25歳）が参加した

3人は、おそろいのランニングウエアを着《き》て結束を図った

一山《いちやま》は長野県の高原で
苛酷《かこく》な練習《れんしゅう》に耐えてきた

マスクをつけない一《いち》山《やま》の素《す》顔《がお》から
満《まん》面《めん》の笑《え》みがこぼれる

鈴木は小柄で小型《こがた》タンクを思わせる
勢《いきおい》がある

前田は背が高く長い脚《あし》が
しなやかに伸びる

前田は先年足を怪我したが
怪我を治《なお》し整《ととの》えてきた

3人は88人の先頭になって走り後れを取らない作戦を立てた

世界のランキングでは45位《い》まで
ケニアとエチオピアが多い

88人のひとかたまりが
大《おお》通《どおり》公園からスタートを切った

とび魚《うお》が羽根光らせとぶように
しなやかな肢《し》体《たい》が走る

沿道には密《みつ》となるをかまわず
大勢の人が見送った

アスリートに手を振る、拍手する
日の丸の小《こ》旗《ばた》が振られる

前田は先頭に出て走り
集団を引き連れている

15キロメートル走ると
北海道大学の構内に入り
ここを3周する

ここは旺盛《おうせい》な、みどりの森におおわれ
吹く風がおいしい

20キロメートルで、
ひとかたまりはばらけて
それぞれ　つらなりながら走る

ばらけて走る88人は55人となり
30人が振り落とされた

30キロメートルになると
20人となった
一《いち》山《やま》も鈴木も前田もこの中にいる

35キロメートルになると、
13人となり前田は
後《おく》れてこの中にはいない

30キロメートルあたりから
風向《かざむ》きが変わり
向かい風となった

後《うしろ》から首すじにかけて、じりじりと
陽《ひ》ざしが照りつける

アスリートにとって真《ま》夏《なつ》の
きびしい競技環境となった

35キロメートル北海道大学を出て ふたたび大《おお》通《どおり》公園をめざす

40キロメートルになると
アスリートは11人の
かたまりに絞《しぼ》られた

一《いち》山《やま》はこのかたまりを離れず
8位のまま走り続ける

しかし、後《うしろ》から迫るアスリートに
追い越され11位に退《しり》ぞいた

ここでドリンクを飲んでから
力《ちから》をふりしぼって
追い上げ8位に付《つ》けた

ケニアの二人《ふたり》は
かたまりから抜け出し、
ペースがどうっとあがった

チルチルとコスゲは金メダルの獲得《かくとく》に
勝負をかけた

チルチルが先頭になって走り、
コスゲが追うレースとなった

チルチルとコスゲの差は
ひろがりつづけ
50メートルとなった

チルチルは大手をあげて
フィニッシュの
テープを切った

（注）金メダル獲得（2時間27分20秒）

チルチルに続いて
コスゲがフィニッシュ
銀メダル獲得

チルチルとコスゲは抱き合って
健闘をたたえ合った

チルチルは農家に生まれ畑《はたけ》を
駆けまわりながら育った

コスゲに続《つづ》いてアメリカの
セイデルがフィニッシュ銅メダル

大勢の人が沿道につらなり
アスリートをたたえる拍手はやまず

IOCのバッハ会長、観客の一人となってアスリートを出迎えた

野口みずきがアテネで金メダルを
獲得して以来、
メダルも入賞もしていない

一山《いちやま》はアテネから4大会ぶりに入賞を果《は》たし、面目《めんぼく》を保った

（注）アテネ以来17年ぶりの入賞。入賞とは10位以内を指す。

日本女子マラソン最終成績

順位	名前	国別	時間
金メダル1位	P．ジェプチルチル	ケニア	2・27・20
銀メダル2位	B．スゲイ	ケニア	2・27・36
銅メダル3位	M．セイデル	アメリカ	2・27・46

日本

	順位	名前	年齢	時間
入賞	8位	一山麻緒	24歳	2・30・13
	19位	鈴木亜由子	29歳	2・33・14
	33位	前田《まえだ》穂南《ほなみ》	25歳	2・35・28

年末になると喪中ハガキが届くが単なる風習ではない

無念の死を悼《いた》む行事が
しずかに行なわれているのだろう

オウム真理教《しんりきょう》はサリンをばらまく宗教集団として理解されてきた

しかし、オウム真理教は最初から
テロを決行する宗教ではなかった

オウムはテロ集団として結《けっ》成《せい》され
布教活動をしたわけではない

オウムは古代インドの原始仏教の教えにならい布教してきた

しかし、ある時期《じき》から変質し
テロ集団に育っていった

地下鉄サリン事件を決行し
多数の死傷者を出した

オウムの事件が起きてから25年経《た》つが宗教改革の姿はみられない

日本でも世界的にも宗教の力《ちから》は衰えているのだろうか

世界中にまん延する新型コロナを
鎮める言葉を持たない

宗教界

日本の宗教界はオリンピック開催にだんまりを決め込んだ

世界のいずれの宗教界も
知らん顔をおし通した

宗教者はコロナ禍による無念の死により添うべき存在であった

人は息を引き取って生気《せいき》を失い
まもなく石ころになるのではない

亡くなった人《ひと》を労《いたわ》る人《ひと》がいるかぎり
思い出のなかに生《い》き続ける

親が亡くなっても衣《ころも》を衣《え》紋《もん》掛《か》けに
かけて朝夕にしのぶ

日本の宗教界は葬式や法事などの行事に専念している

結婚や就職などの相互扶助の活動を
もっぱらとしている宗派もある

生きている人《ひと》が楽《たの》しむ
オリンピックのような
行事がとめどなく続いていく

第二部　つわものどもがゆめのあと

Go Toトラベルの失敗

新型コロナは春から夏へかけて変異をくり返す

２０２０年（令和２年）春から夏にかけて
アルファ型から
デルタ型へ変異していた

菅政権は2020年(令和2年)、夏からGo Toトラベルを推進した

Ｇｏ Ｔｏトラベルは
新型コロナの収束と
経済の復興を図《はか》るものだった

菅首相はＧｏ Ｔｏトラベルの成功に政権の運命をかけた

しかし、人の移《い》動《どう》を後《あと》押し、
したＧｏ Ｔｏトラベルは
新型コロナをまん延させてしまった

人間に忖《そん》度《たく》しないウイルスの流行に
のみ込まれてしまった

神《かみ》・仏《ほとけ》の加護《かご》にすがりたる菅《すが》首相の両手に花はなかった

オリンピックは中止すべきだった

尾身茂会長の言葉が
なによりも我々の胸《むね》にひびく

（注）政府のコロナ対策分科会会長

パンデミックの下《もと》でオリンピックを行うことは普通はない

世界の感染者が2億人を越え
死者が400万人を越えた

この状況下でオリンピックを
開催すべきではなく
中止すべきだった

菅政権は憑《つ》かれたように
オリンピック開催につき進んでいった

オリンピックを成功させ
政権の権威を
強める必要があった

オリンピックは菅政権が選挙を
勝ち抜くための道具となった

四《し》面《めん》楚《そ》歌《か》

首相が政権を維持していける
必須条件がある

国政選挙のみならず主要な
地方選挙でも勝たなければならない

選挙に勝ち続ける成果が高い支持率とみなされる

主要な地方選挙では4勝10敗
負《ま》け越してきた

7月の東京都議会選挙に敗れ自民党はかなり議度を減らした

（注）2021年（令和3年）東京都議会選挙

菅《すが》首相の地盤の横浜市長選でも予想に反して惨敗した

菅さんが支《し》援《えん》し、
負けるはずのない候補が
大差をつけられて惨敗した

自民党議員たちの間《あいだ》に衝撃が走り
動揺し、青ざめた

自分たちが生き残るためには菅《すが》さんを
その地位から降ろさなければならない

新しいリーダーのもとに結《けっ》集《しゅう》し
選挙に勝たなければならない

菅さんを囲《かこ》んできこえくる
「菅《すが》おろせ」の四《し》面《めん》楚《そ》歌《か》

菅さんは担《かつ》ぐ人《ひと》のいない
裸の王様になっていた

国民の支持率は低迷し
危険水域に落ち込んだ

自民党《じみん》の混乱と低い支持率の下《もと》では解散できる状況ではない

菅《すが》首相は自分の専《せん》権《けん》事《じ》項《こう》である
解散権《けん》を封じられてしまった

菅さんの心は萎《な》えてもはや
戦《たたか》う気力を失くしてしまった

とはいえ菅首相は一年の間《あいだ》に
さまざまの成果《せいか》を上げてきた

この成果をレガシー《遺産》に自分の
名誉《めいよ》を守ろうと決《き》めた

10月4日をもって総理大臣の職を辞する旨《むね》、国民に表明した

菅さんの支持率が低かった要因に変えられない資質がある

官房長官としての8年間
記者の質問にはよどみなく答えた

首相となると、国民と対話し
説得しなければならない

国民と共に考え、国民を説得していく
気《き》量《りょう》が足《た》りなかった

国民からは
「上《うえ》からの目線のものの言い」と
思われてしまった

菅《すが》政権の崩壊《ほうかい》　安倍晋三《あべしんぞう》と菅義偉《すがよしひで》

安倍さんと菅さんの違いは
派閥に属していたか
どうかにかかわる

安倍さんは派閥に属し、派閥の支援を受け続けた

根拠のとぼしい「国難突破」選挙をも
派閥はこれを支持した

派閥に属さない菅さんは
支《ささ》えてくれる派閥を持たなかった

選挙に負け続けると
もう菅さんを
支持する派閥はなかった

憲《けん》法《ぽう》の定めた自分だけが持っている
解散権まで奪われてしまった

こうなると支持率の低い菅《すが》さんは
総裁選にも出られなくなった

菅さんは一年間の政治手腕を遺産《レガシー》に
首相の職を辞任すると表明した

菅《すが》首相を責《せ》められない

新型コロナへの国の対応が
後手《ごて》になり、
国民の間《あいだ》に不満がひろがった

新型コロナのワクチンに国産はなく
外国からの輸入に頼っていた

ワクチンの供給量が足りず
いつになっても
接種予約すらできない

国民に接種が進まない要因《よういん》を
菅首相のせいにするのは酷《こく》であろう

そこには日本の
政治・経済の歩《あゆ》んできた
長い物語（ヒストリー）がある

ワクチンの集団接種が行なわれ
副反応による被害が発生した

（注）B型肝炎など

重《じゅう》とくな病《やまい》のひろがりに
国のワクチン開発はとん座した

平成のはじめバブルがはじけ
日本経済はどん底に沈んだ

経済の復興が声高《こわだか》に叫《さけ》ばれ
公衆衛生は疎《うと》んじられた

２０１４年
新型インフルエンザが流行、
世界で２００万人が亡くなった

しかし、日本は世界中《じゅう》に流行した
インフルエンザの流行をまぬがれた

それゆえ国内の
ワクチン開発の気運は
いっこうに盛りあがらなかった

2014年から
保健所の統廃合が進み
人員は減り続けてきた

日本はワクチン開発への国の支援がきわめて少ない

国の予算からの支援は100億円
アメリカはその100倍の
1兆円に及ぶ

国の支援の差は
数年後には公衆衛生の
差となってはね返ってくるだろう

もう引き返せない

明治天皇　御製

よもの海みなはらからと思う世に

など波風にたちさわぐらむ

中国の脅威をことさらに煽《あお》る
岸田政権が誕生した

これは米・中対立を 震源《しんげん》とする
「敵基地攻撃」能力を測《はか》るもの

しかし、中国人は他《よそ》の国に
踏みつけられた
歴史を忘れていない

右へ右へ傾《かし》ぐ日本人の性《せい》癖《へき》を
あなどるべきではない

かつて火の玉となり世界と戦《たたか》い
無条件降伏した

「欲しがりません勝つまでは」の精神論におち入ってしまった

かつてみた戦《いくさ》の海へ漕《こ》ぎ出ださむ
胸の痛《いた》みにつぶれそうだ

ああ、あの時《とき》が
ターニングポイントだったと
百年後に確認されよう

衆議院選挙に自民党は
安定多数を確保した

政治思想、政策において
自民党に近い日本維新の会がある

維新の会は4倍の
議席数を確保した

維新の会は議席を増やし
勝ち鬨《どき》の声をあげた

立憲民主党は議席を減らし
惨敗した

日本共産党は議席は変わらず
でも強気の姿《し》勢《せい》を崩さない

こうしてみると
憲法改正は目前《もくぜん》に迫り
自衛隊は軍隊に衣替《ころもがえ》する

自衛隊はアメリカの軍隊と連携《れんけい》し
世界中で戦争できる

戦争への道を阻止する
政治勢力は育っていない

憲法九条を誕生させた国民の
熱気は絵《え》空《そら》事《ごと》だったのだろうか

憲法九条は冬の夜の星座の
ように輝きを放っていた

岸田政権の誕生

岸田政権は安倍晋三の吐《は》く息の中から生まれた

安《あ》倍《べ》さんにいくつかの派閥のボスが加わり岸田政権を誕生させた

そこには派閥の人脈による
野合《やごう》のありさまが脈々と流れている

政策の違いはあるが、それは
野合をおおい隠すものにすぎない

岸田さんは安倍さんの顔色を
うかがいながら政権を
まわしていく他《ほか》はない

岸田さんは
「新しい資本主義」をかかげ
成長の果実《かじつ》の分配の平等をめざす

これはコロナの収息と経済の
再生との両立《りょうりつ》をめざすもの

春がめぐりて岸田さんが目《め》ざす
両手に花は咲くのだろうか

第三部　ウイルスは世界をおおきく変える

岸田政権とオミクロン株

岸田首相は新型コロナへの対応に全力を尽くすとくり返す

しかしこれは公式の発言であって
腹の底から出た真意《しんい》ではない

岸田首相が目ざしているのは七月の
参院選挙に勝利を
収めることに尽きる

選挙を勝ち抜け、長期政権に布石を打とうとしている

また新型コロナへの対応と並行して
新しい資本主義の実現をめざす

これは新型コロナの収息と
経済の再生の
二兎《にと》を追う政策である

２０２１年、年末からオミクロン株が爆発的に感染をひろげている

世界を見てもオミクロン株が
地球にまん延している感《かん》じがある

他方、あと数カ月でオミクロン株は
収息《しゅうそく》に向かうと予測する研究もある

しかし感染力がきわめて強いウイルスは
「スルー」をくり返して
増《ぞう》殖《しょく》していく性《せい》癖《へき》がある

こうなると「スルー」を
くり返して流行するオミクロン株を
コントロールすることはむずかしい

2020年のGo Toトラベルの失敗をくり返すべきではない

みなし陽性

感染力の強いオミクロン株が
爆発的にまん延してしまった

もう医療スタッフだけでは手に負えない対処方法を変えてみた

オミクロン株の感染を疑《うたが》い
発熱外来で受診する人もいる

医療スタッフの手間《てま》を省《はぶ》き多くの
人の受診につなげる方法を
取り入れた

二人家族で一人《ひとり》が感染した場合
医師は残る一人《ひとり》を
検査するまでもなく、

特有の発熱症状をもって
陽性と、みなすことになった

医師は「みなし陽性」として保健所に届け出ることになった

子供たちの悲鳴

子供には感染しにくいと
云われてきたが
オミクロン株には通用しなかった

保育園の子供にもマスクの着用が推《すい》奨《しょう》されるようになった

これは子供同士の接触による
感染を防《ふせ》ごうとするもの

「マスクは、いやだ息ができない」

と、子供たちの悲鳴があがる

新型コロナの流行、はじめから第6波まで

国内の新型コロナウイルス
感染の流行は
2020年2月にはじまった

横浜港に停泊した外国船籍の客船内集団感染からはじまった。

4月、第4波となっておし寄せ
津々浦々に流行していった

その波は筑波山《つくばさん》のような
なだらかな形《かたち》をえがいた

8月におし寄せた第5波は第4波の感染者の3倍となった

第5波の波の形《かたち》はするどく
剱岳のような形をえがいた

第5波は「災害レベル」と呼ばれもう成りゆきを見守るしかなかった

第6波の流行が予測され
これに対処する方策が練《ね》られた

新薬の開発などの戦略で
第6波を封じ込めようとしている

飲み薬を服用する治療法も
試《こころ》みられている

ここにはなによりも
経済の再生をめざす
政権の思惑が透《す》けて見える

イギリスの例に学ぶべきか

ワクチンを3回接種すると軽い風邪《かぜ》のような症状となる報告

それならばウイルスと人は共存して
生きる道をさぐるべきである

ワクチンの3回接種によって
お仕事も出来るようになった

イギリスでは半《なか》ば強制的にワクチンの3回接種が奨励《しょうれい》されてきた

イギリスでは
マスクを着用しない生活が
国民の間《あいだ》に定着している

イギリス政府の示すマスクなしの日常生活を日本も学ぶべきである

新型コロナウイルスの感染者・死者の人数

2021 年（令和３年） １月３日

世界の感染者	世界の死者
8397 万 9200 人	182 万 7796 人
日本の感染者	日本の死者
24 万 2770 人	3585 人

2022 年（令和４年） ３月 30 日

世界の感染者	世界の死者
4 億 8233 万 4716 人	612 万 7469 人
日本の感染者	日本の死者
646 万 154 人	2 万 7926 人

参考データ

・米ジョンズ・ホプキンス大の集計による。

・朝日新聞　感染者・死者の詳細による。

・朝日新聞2021年（令和３年）１月３日

・朝日新聞2022年（令和４年）３月30日

本書に記載されているデータは著者の調べによるものです。

〈著者紹介〉
松下正樹（まつした　まさき）
1939 年、鹿児島県種子島に生まれる。
1968 年、東京教育大学大学院、
農学研究科修了（現・筑波大学）。
2004 年3月まで東京都板橋区役所勤務。

歌集《かしゅう》　続玉響《ぞくたまゆら》

2022年11月30日　第1刷発行

著　者　松下正樹
発行人　久保田貴幸

発行元　株式会社 幻冬舎メディアコンサルティング
〒151-0051　東京都渋谷区千駄ヶ谷4-9-7
電話　03-5411-6440(編集)

発売元　株式会社 幻冬舎
〒151-0051　東京都渋谷区千駄ヶ谷4-9-7
電話　03-5411-6222(営業)

印刷･製本　シナジーコミュニケーションズ株式会社
装　丁　弓田和則

検印廃止

Printed in Japan
ISBN978-4-344-94315-5 C0092
幻冬舎メディアコンサルティングHP
http://www.gentosha-mc.com/